U0107508

完全经典
教案

ZHIMIANSUXIE

直面速写

杨超凡 主编　　JM 吉林美术出版社 | 全国百佳图书出版单位

序

　　这套书是从一万多张作品里精选出一百余幅精品，里面有老师的示范作品，也有考进中央美术学院、中国美术学院、清华大学美术学院的优秀学生作品，这些作品各有优点，是一本适合于立志考进美院考生的临摹作业和参考标准，希望这套书能带给你成功。

完全经典教案·直面速写

目录 *CONTENS*

第一章　学会理解速写　6

一、人体全身比例 6

二、人体知识与骨骼 6

三、人体运动知识 6

四、人体动态默写 6

五、头部知识 6

第二章　学会人物速写的写生与考试　14

一、人物速写的学习要点　14

二、人物速写的考试要点　15

第一章　学会理解速写

一、人体全身比例

以头高为单位来测量人的全身比例，通常人的高度在七个头至八个头为标准人体，特殊情况像服装模特儿一般为八个头至九个头。

二、人体知识与骨骼

解剖：画家必须了解人体的内部构造，通晓解剖，下面是人的骨胳名称。

三、人体运动知识

在画人物速写前先将人体归纳为一直、二横、三体积、四肢，便于理解与默记。

一直：指人的脊柱，这是支撑人体运动的主心骨，观察人在运动时这条脊柱弯曲的方向、程度，有利于默记。

二横：指人体的肩线与骨盆上端，人体在运动时这两条连线产生倾斜与变化。

三体积：把头部、胸部、臀部三个部位概括成立方体，再找出三个部位的运动规律。

四肢：指手臂、腿部，手臂两条、下肢两条，运动时四肢的变化是很多的，但有一定的规律。

将四肢理解成圆柱体、圆锥体便于寻找其运动规律。

四、人体动态默写

用简洁的方法将人体设计为几何形，手臂与下肢用单线表示，便于记住动作，也可以任意设想各种动作。

将人体组合成几何立方体，四肢设计成圆柱体，便于默写人体的外形。

五、头部知识

1.头部比例

在头部正面时五官分布是对称状态，成人的脸部一般眼睛位置在头顶到下巴的二分之一位置，发际线到眉毛，眉毛到鼻底，再到下巴正好是三等分，而眼中间正好是一眼之宽，两眼靠边也是各一眼之宽，这样形成脸的宽度有五只眼睛宽度。为了便于好记，我们通常称其三庭五眼。两边的耳朵可从眉稍和鼻底延伸出去，正好是耳朵的高度。

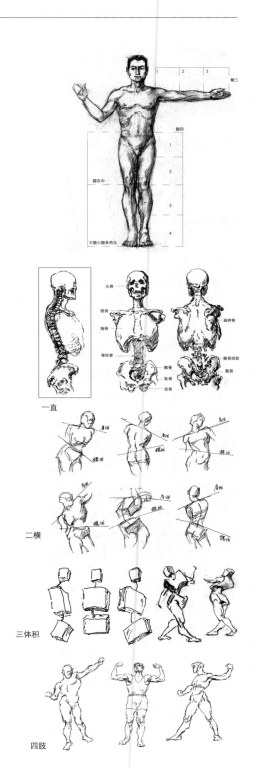

一直

二横

三体积

四肢

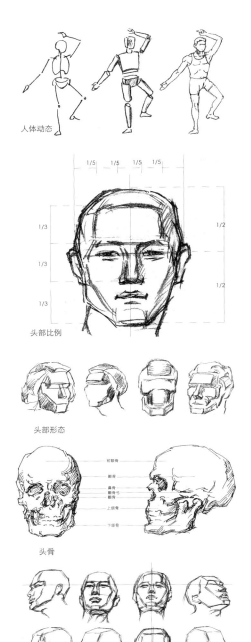

人体动态

头部比例

头部形态

头骨

头部透视

　　小孩的头部比例为头顶到下巴二分之一下画眼睛，因儿童的下颌骨还未发育全，年龄越小眼睛画得越下。

　　2.头部形态

　　头部从前额到下颌，面部不是扁平，整个面部的轮廓像是建筑模型。面部是由四个不同的组块构成：

　　①前额：方形，顶部进头盖骨。②面颊部：扁平。③形成嘴和鼻的直立圆柱形状。④下颌：三角形。

　　3.头骨

　　头骨像一个立方体有六个面，头骨是头部的骨架，除说话时下颌会动，其他部分是固定的。

　　头部有22块骨头：头盖骨有8块，面部有14块。

　　头部结构：前额骨、颞骨、颧骨弓、颧骨、上颌骨、下颌骨、鼻骨。

　　4.头部透视

　　在画人物速写时，先要注意透视关系，你的两眼望出去这条视平线在头部或全身的什么位置，如果视平线在头部的下方或上方，那么头部的透视变化就会出现这么几种状况。视平线在上方时看到头顶多一点，头是俯视状态，如果视平线在下方时，看到下巴下面的面多一点，头是抬起来，也叫仰视，但头部有时不是静止不变，头部可以180°转动，也可以侧仰、低头、后仰、左后仰、右后仰……但万变不离其宗。只要将头看成是一个立方体，用立方体的几种透视关系来处理头部的变化，就不难画出运动中的头部各种姿态。

　　头抬得越高，下巴部位看到得越多，额头部位也越小，头顶就看不到了。

　　正侧面也就是眉、眼、鼻、嘴都向左边或右边靠拢，而正面中间却看到耳朵。

　　四分之三侧面，指头的宽度先分为4份，然后以颧骨、颞骨部位为分界线时，在分界线的左侧或右侧部位占头宽的四分之三的宽度，称为四分之三侧面头像。

　　头往下低下去时头顶占头部位置越大，头也就低得越下，只要将眼睛线往下画，其余五官根据眼睛而定。

　　将头部想像成一个立方体，倾斜或是水平转动时，头部就处于所说的倾斜透视中，也就是常说的成角透视。

　　头部的透视画法：近大远小，这是透视的第一条法则——透视学由此开始。

不同角度头部的画法

第二章　学会人物速写的写生与考试

一、人物速写的学习要点

1.人体基本知识

①比例：人物动态速写的比例主要指头部比例和人体比例。头部比例可以用"三庭五眼"概括，即以正面的脸部，从发际线到眉毛、从眉毛到鼻底、从鼻底到下颏为上下高度的三庭，上下高度，成年人以眼部为二分之一处。从脸部高度的中间部位，两耳之间算起，面部左右有五个眼睛的宽度。人体的比例可以归结为"立七坐五盘三半"和"臂三腿四"之说。人体比例是以头的高度为基准，正常站姿为七个或七个半头高。坐姿为五个头高，盘姿为三个半头高。胳膊的长度从肩关节算起至中指指尖为三个头高，上臂为一又三分之一个头高，前臂为一又三分之二个头高。腿部长度为四个头高，大腿和小腿各为两个头高。

②形体结构：主要研究头部骨骼的生长规律和肌肉的组织规律。头颅骨圆润、面部骨骼方正。眉弓骨外凸呈房檐状遮住眼睛，额骨呈圆形隆起，左右对称。上颌骨和下颌骨的运动形成了嘴部的张合，颧骨隆突为脸部最宽处，这些均为骨骼结构。

③三个关键部位：脸部、手和脚部。

2.人体运动规律

人体运动可以概括为"一条线、两个枢纽、三大体块和四肢协调"以及斜线与动态造型两方面。

斜线运用与动态造型：把人体的所有部位分成11个独立的单位，包括头部、胸廓、臀部、左前臂、左上臂、右前臂、右上臂、左大腿、左小腿、右大腿和右小腿。每一部分都参与人体的活动、都不同程度地呈现一定的幅度和斜度，这种斜度完全可以目测，把握准确其中的度数，多用水平线和垂直线纠正每一部分，同时把握好重心。

3.人体运动与线条的表现

①衣纹与结构：衣纹聚集在肩关节、肘关节、腰关节、膝关节等处。衣纹的走向就如一块布，当用一根手指或木棍支起时，顶起的点就像隆起的关节，布纹都朝着这个顶点集中，衣纹的走向也是如此。

②衣纹的分类：人物速写根据衣纹的不同用途可分为四类：轮廓线、衣纹线、装饰线和动势线。衣纹线多指关节的衣褶，在表现衣褶时，要抓住关键的几个强调，要找准前后的穿插关系，避免不分前后、上下的线条堆积。衣褶也是表现画面疏密效果的关键所在。衣纹线条一般较短，表现要灵活。

3．线条的表现性：线的变化丰富，有长短、粗细、虚实、强弱、方圆、顿挫、急缓等线性变化。还有疏密、聚散等线的组织变化。线的表现性不仅能够反映线的组织美感，同时还能够彰显作品的激情和审美倾向。

二、人物速写的考试要点

人物动态速写，在现代美术院校的考试中仍占有较大的比重。

它有两种形式：默写和写生。两种方法：独立试卷或与素描同卷。四种内容：单人动作、双人组合、场景一角、命题创作。不管是什么形式，什么方法，还是考什么内容，我们都不能忽略以下几点：

1．注意构图

构图的重要性，大家都知道，单个动作的构图比较简单，原则上宁上勿下。动作朝左，构图偏右即可。双人组合要注意两个动作的主次对比和相互谐调，首先比例要一致，站立的动作和坐着的动作一样高是不行的。场景组合难度较大，透视是最需要注意的，前大后小的原理一定牢记。然后是动作的呼应与联系。场景速写除了注意人物动作和比例透视要自然，还要注意周围道具对场景的烘托，但不能太突出，以免影响了主题。命题类速写的构图带有创意性，一般情况下，内容大多是一些生活中的典型情节，例如集市一角，周末见闻或家乡新貌等等。不管考什么内容，都要认真思考，做到立意新颖，构思巧妙。

2．比例要准确

人物动作的比例是画好速写的关键，双人或多人以及场景速写的比例是很难掌握的，在动笔前，要用虚线定好前后动作的比例差别，千万不要出现没有透视或比例失调的现象，比例的差错，往往是考卷失分的关键所在。

3．人物动态特征要鲜明

动作特征和运动重心是人物速写最重要的因素，表现动作最忌讳木讷、僵硬。要把动作画得自然生动，一是平时多观察，多积累。二是要深刻研究人体的运动规律，熟练运用斜线纠正动势。三是在考场上，如果对某个动作没有把握，可以在自己心里比划一下这个动作，体会这个动作的特征在哪里，并注意几个关键部位的动向。

4．充满激情的表现

一幅动态速写，构图适中，比例准确，动态优美自然，但画面还不生动，是什么原因呢？我想这和你画速写时的情绪以及笔意有关。当你情绪激动时，画出的线条、动作以及画面感觉就生动许多。饱满的激情、张扬的情绪，能够带动你的笔法变化，从而产生一定的偶然效果。当然，画面效果的生动，还需要你平时有目的的练习。包括线条的虚实、长短、强弱、方圆、顿挫、疏密等。只有平时反复地练习，面对考试时才能充满自信，驾轻就熟，施展充沛的作画激情，从而发挥好成绩。

这幅画构图均衡完整，用线条来表现人物的形象，同时用线有变化。

在形体转折处加一些色调，可加强对
象的主体效果。在头部、衣纹部适当地加
一些色调可以加强皮肤的质感。在衣服上
适当画一些复线或色调，会使表现力更加
丰富。为加强空间效果，也可在近处部位
加一些皴擦，形成对比关系。

09, 12.10
TLY

YLY

2009.10 16

09.11.19

09.11.19

09.11.28

09.9.7

这是一幅明显带有明暗调子的速写作品。画时要学会组织衣纹，要根据形体结构及自己的感受，运用线条的深浅、粗细、软硬等手法有序地组织起来以表现对象的主次关系。

王巍 1.31.

09.11.4

04.11.20.

09.11.3
叶露盈

叶溢喜

04.11.6

人物的各种动作，形成既统一又有变化的关系，是一种完美的整体效果，要注意对象动作的谐调、一致，要注意对象外轮廓形成的完整形式感。

09.10.21
YLY 叶露亚

要完成一幅速写，应该注意让画画完整，把形象画完整。所画速写的轮廓线最好不要出现太多的断笔。

09.10.28

叶露盈

09.11.2 YLY

09.12.5
YLY吧

在画人物速写的衣纹
时，不能画得过于草率简
单，线条不能没有内容，
线要画得具体生动，要符
合衣纹变化的规律。

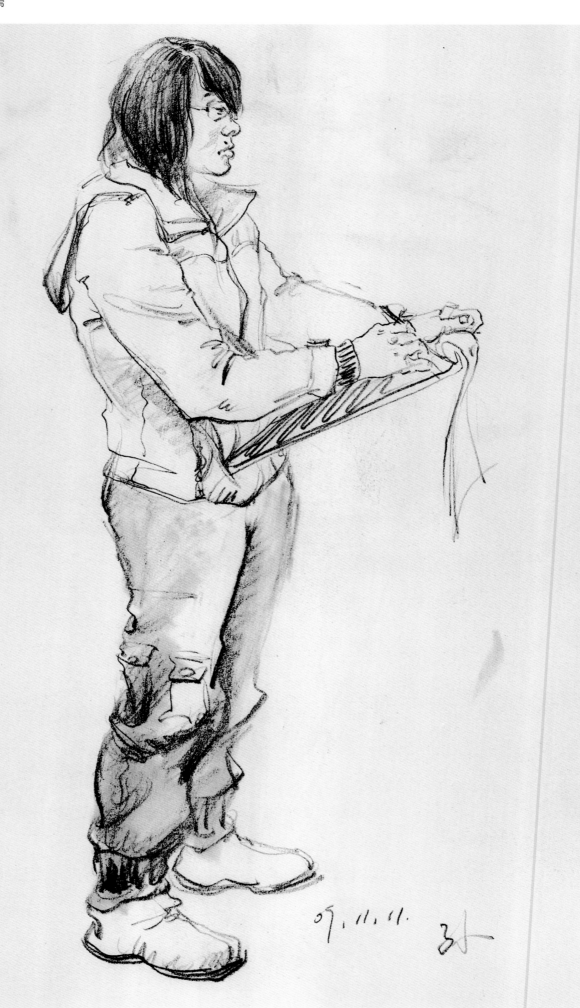

随时注意对所画
对象动势的把握，画
准体现这个动势的基
本形，集中力量抓总
的形态特征。

09.11.26

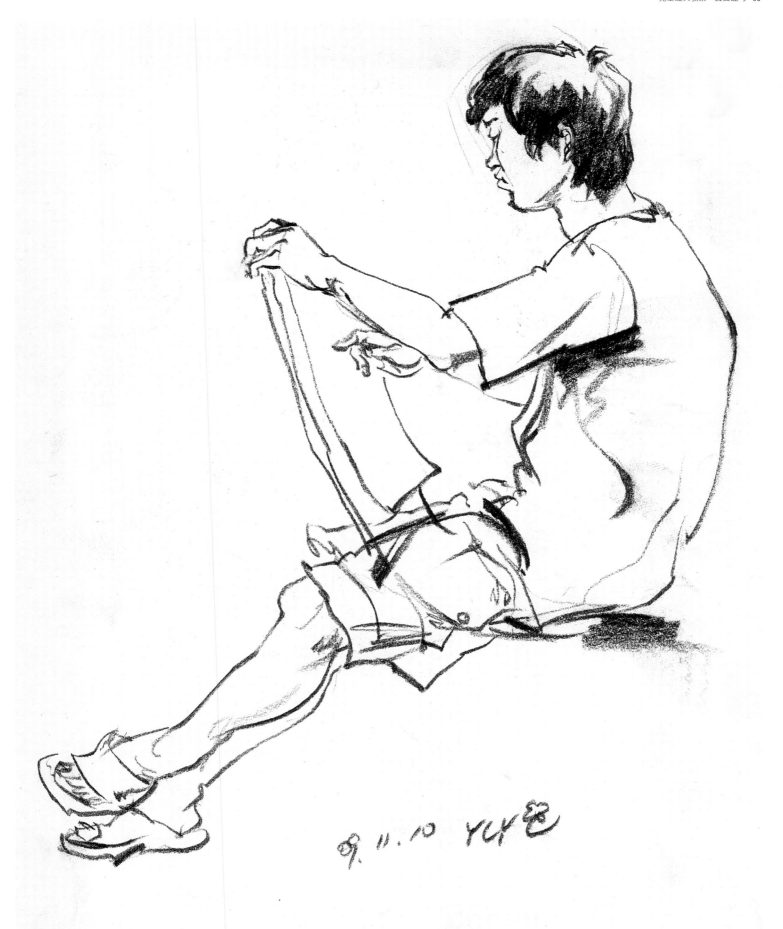

画速写不应为强调局部的变化而破坏整体效果，眼睛不要紧盯着局部，要想到整体，记住你的表现意图，省略掉无关紧要的局部，保证整张速写的完整。

09. 12. 8 YL绍泡

04.11.17

08 11. 3
FIRST MEET HUANG-SHAN
IN THE UNDER WAY

—Ye Lu ying

09. 10. 16

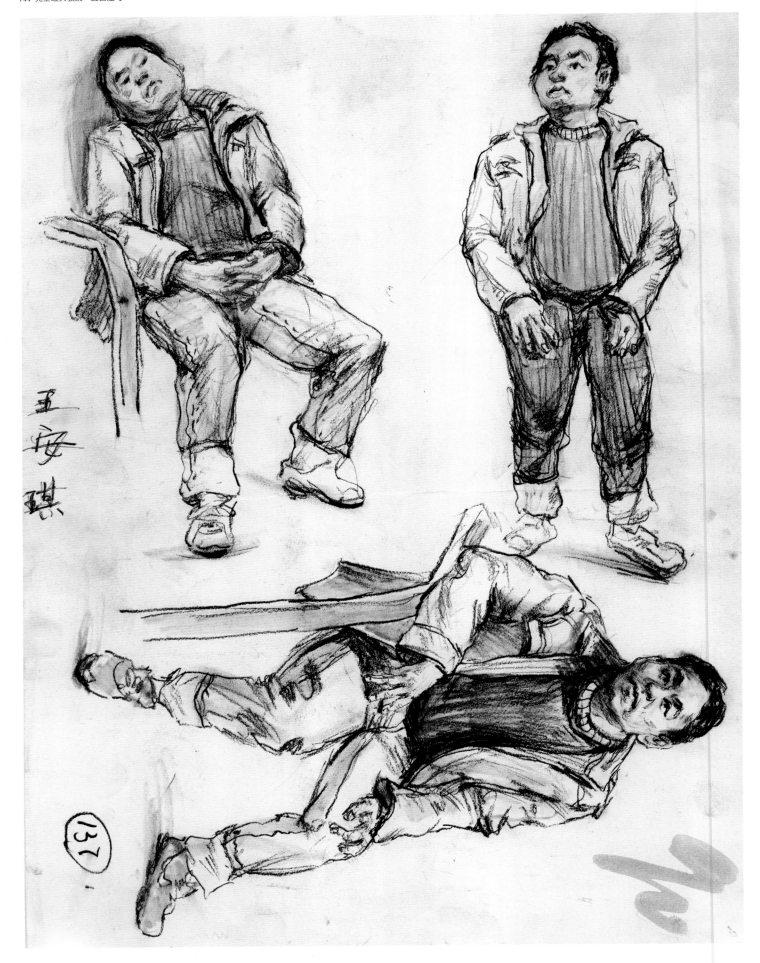

王安琪

137

梦雅画于吴越1月23日

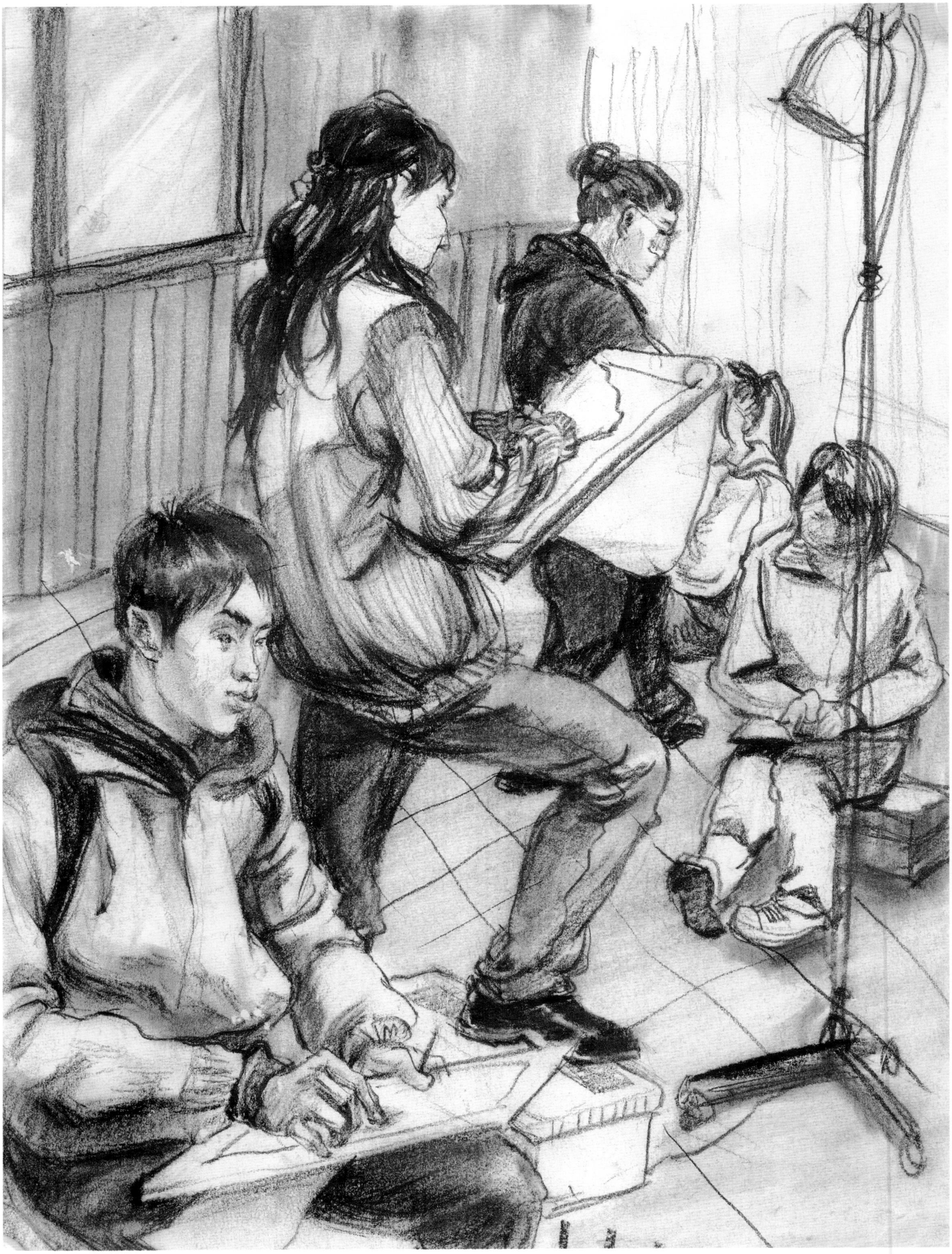

图书在版编目（CIP）数据

直面速写/杨超凡主编. ——长春：吉林美术出版社，2010.5
（完全经典教案）
ISBN 978-7-5386-4245-2

Ⅰ．①直… Ⅱ．①杨… Ⅲ．①速写－技法（美术）－高
等学校－入学考试－自学参考资料 Ⅳ.①J214

中国版本图书馆CIP数据核字（2010）第090360号

完全经典教案

直面速写

杨超凡 主编

出 版 人/ 石志刚

出　　版/ 吉林美术出版社（长春市人民大街4646号）
　　　　　　www.jlmspress.com

责任编辑/ 尤　雷
发　　行/ 吉林美术出版社图书经理部
印　　刷/ 杭州艺华印刷有限公司
出版日期/ 2010年6月第1版　2010年6月第1次印刷
开　　本/ 1092×787mm　1/8
印　　张/ 20

书　　号/ ISBN 978-7-5386-4245-2
定　　价/ 78.00元